大小姐小學生❸

香娜兒的赴約考驗

文‧圖／川之上 英子
川之上 健
翻譯／詹慕如

目次

1 同時答應兩個約

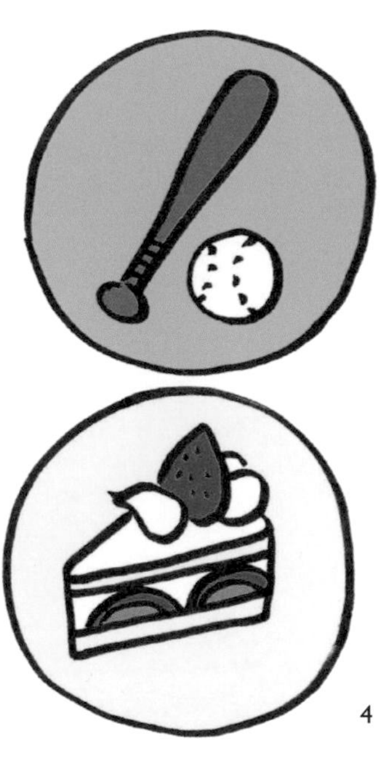

本小姐是香娜兒，正在上小學的大小姐。

真抱歉，大家是不是誤以為我是某個地方來的公主呢？

我的確常常穿著綴滿荷葉邊的華麗禮服，而且住在像城堡一樣的大房子裡。不過，我現在確實還是個小學生唷！

話說回來，自從本小姐上小學以來，還沒遇過這麼令人煩惱的事。

其實……

今天我不小心同時答應了兩個約。

事情是這樣的……

第一個約好一起玩的人是坐在我隔壁的伊藤。

午休時他這麼對我說：「我們放學後要去打棒球，可是人數不夠，香娜兒你也一起來吧！下午三點在公園集合。」

本小姐根本不會打棒球，更何況運動會弄髒衣服，我一點興趣也沒有，所以立刻就回絕了。可是他又對我說：「我上次在午餐時間幫你當了值日生吔！」

我頓時無法反駁，只好不情願的答應了。

後來在放學回家的路上，不起眼同學突然把我叫住。

「其實，今天是我的生日喔！」

喲！恭喜恭喜，祝你生日快樂啊！

「我媽媽今天烤了蛋糕，所以我想問問香娜兒要不要來我家玩。」

不起眼同學不太好意思的看著我。

什、什麼！不起眼同學媽媽親手烤的蛋糕！那會是什麼樣的蛋糕呢？是擠滿白色鮮奶油的草莓蛋糕？還是甜而不膩的巧克力蛋糕？無論如何，我當然要去！

我隱藏內心的激動，優雅的點了點頭。

「太好了，那我等你喔！」不起眼同學說：「你大概三點左右來我家，我們一起吃蛋糕。」

呵呵，可以吃到美味的甜點嘍！

是香娜兒啊！
歡迎、歡迎。

就在我開心的跟不起眼同學揮手道別時，心裡突然一驚！

香娜兒，你是不是忘了什麼事？今天下午三點好像已經有約了吧？

……啊！

我答應跟伊藤去公園打棒球！

就這樣，我同時答應了兩個約。

其實我不想打棒球，比較想去不起眼同學家，

可是我已經先答應伊藤，這下該怎麼辦才好？

我跑去跟媽咪商量這件事，她這麼對我說：「媽咪認為香娜兒先答應伊藤去打棒球，所以應該赴這個約。」

但是這樣香娜兒就吃不到蛋糕了啊！我才不想為了棒球放棄美食！

我也跟爹地討論了這件事，他說：「香娜兒想去不起眼同學家吃蛋糕，對吧？不如爹地假扮成香娜兒，替你去打棒球吧！只要告訴大家『香娜兒今天個子長高了一些，聲音也變低了一點』就沒問題了。」

怎麼可能沒問題？

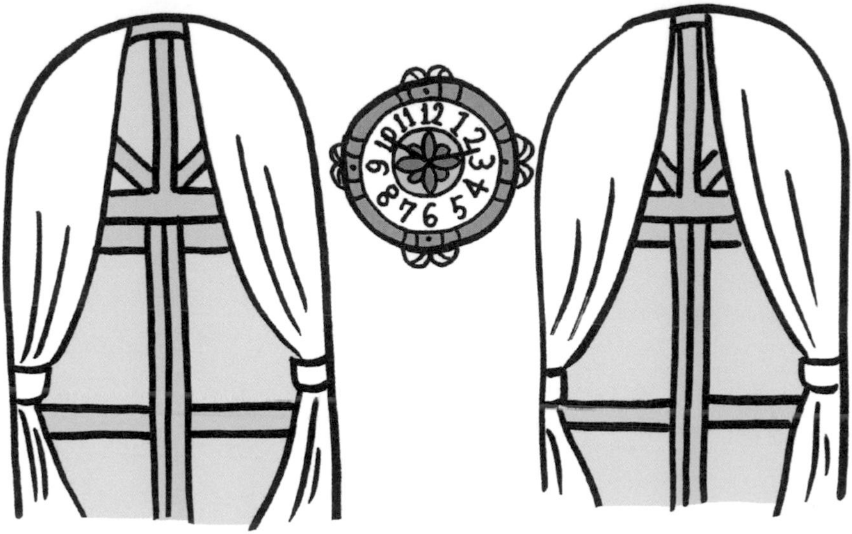

大家一秒就會看出爹地不是香娜兒啊！難道沒有兩全其美的辦法嗎？

在我苦惱的時候，時間也一分一秒的過去，眼看就快到三點了。總之，先趕去公園吧！

我告訴吉澤管家：「吉澤大叔，沒時間了，請你立刻派出直升機。」

噠噠噠噠噠噠。

直升機從我家屋頂飛往公園，負責駕駛的是我的管家吉澤，他的太陽眼鏡反射出刺眼的光芒。

過了一會兒，吉澤管家問：「香娜兒小姐，伊藤少爺是因為打棒球少一個人，才邀請您加入的，對嗎？」

我點點頭。莫非吉澤大叔有什麼好主意？

「假如只需要一個人，那麼只要有人能夠代替您上場……」

2 我的管家吉澤

「哇！怎麼回事？風好大！」

「是直升機！」

「不，是香娜兒！」

呼！總算趕上了。當我抵達公園的時候，已經看到一群興致高昂的棒球男孩聚在一起了。

裙擺飛揚的我有氣勢的走下直升機，身穿黑色西裝的吉澤管家也跟在後面走下來，站在我身邊。

「伊藤，吉澤管家將會代替我香娜兒加入你們的球隊。」

「什麼？你說這位大叔？」伊藤問：「可以是可以啦……但是他會打棒球嗎？」

沒有什麼事，是我香娜兒的管家辦不到的。來吧！把球棒交給吉澤大叔。

「哇！太厲害了，全壘打吔！」

大家順著拋物線看向飛到高空的棒球。

接下來，讓吉澤大叔試試投球。

「好厲害！這是什麼變化球！」

大家都張大了嘴巴。

那群棒球男孩開心極了。

「吉澤大叔，請教我怎麼揮棒！」

「吉澤大叔，剛才那球是怎麼投的？」

好，現在趕緊趁棒

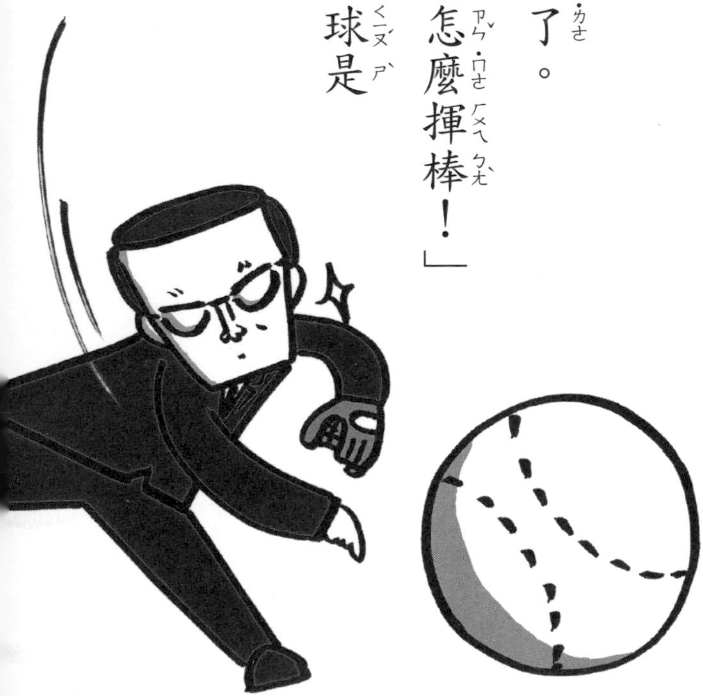

球男孩興奮討教的時候，悄悄溜走吧！我得趕快去不起眼同學家。

「咦？香娜兒，你要去哪裡？」

伊藤在身後叫住我。

我只好鎮定的回答他：「我要去不起眼同學的家吃蛋糕，今天是她的生日。」

就在這個瞬間，所有在打棒球的人全都轉頭看著我。

我說了什麼奇怪的話嗎？

「這好像比棒球有意思吔！」

「香娜兒，你居然打算一個人去吃蛋糕，太過分了！」

「我也想吃蛋糕！」

「我也是！」

哼！這些頭腦簡單的棒球男孩在說什麼傻話？收到邀請的，明明就只有我香娜兒一個人啊！

伊藤把所有人集合起來。

「棒球隨時都可以打，但是只有今天能夠吃到蛋糕！」

「沒錯！」

「吉澤大叔，對不起，下次有機會再一起打棒球吧！」

3 前往「不起眼」同學家

「你好！」

「打擾了！」

「我們進來嘍！」

這群穿著髒襪子的男生就這樣大搖大擺的走進不起眼同學的家裡。

事到如今，我只好來介紹一下這幾位愛打棒球的臭男生。

穿著橫條紋襯衫的是在班上坐我隔壁的伊藤，他跟家裡開蔬果店的安男，曾經與我一起照顧學校裡的動物。

動不動就愛大叫「太過分了」的人是篠田，他剛才也對我說了這句口頭禪。（請看第22頁）

再來是平常看起來呆頭呆腦，足球卻踢得很棒的森本。他踢足球的時候簡直就像另一個人。

另一個是班上最常忘東忘西的……

等等，他叫什麼名字？

唉！想不起來。不如先叫他「健忘大王」吧！

他曾經在美勞課跟我借過色鉛筆。沒辦法，誰叫本小姐擁有超過兩百種顏色的色鉛筆呢！借幾支給他用也沒關係。這麼說起來，我都忘了他後來有沒有把筆還給我。

家裡開蔬果店的安男
坐在隔壁的伊藤
不好意思打擾了！
擅長踢足球的森本
愛喊「太過分了」的篠田
變身
帥氣
平常
踢足球
我忘記穿襪子了！
健忘大王

不過話說回來，這麼小的房子塞得下全部的人嗎？玄關地板已經被鞋子淹沒了。

「唉呀！歡迎、歡迎！」

不起眼同學的媽媽熱情的招呼我們。

我原本以為她一定會覺得很困擾，沒想到她卻開心的挽起袖子說：「居然有這麼多人願意賞光，我馬上就去多烤一些蛋糕！」

不起眼同學害羞的微笑著。

奇怪，她的媽媽得花時間再多做蛋糕，她自己能吃到的蛋糕也變少了，為什麼她們看起來還這麼高興呢？

「我們也來幫忙烤蛋糕。」伊藤說。

「對啊！大家一起動手吧！」

「好！」

棒球男孩為了蛋糕團結起來，就連不起眼同學也說她想一起幫忙。

至於我就在旁邊等著吃蛋糕嘍！對了，先來喝杯紅茶吧！假如不起眼同學的家裡沒有伯爵紅茶，大吉嶺紅茶也行。

我正想優雅的提起裙襬坐上椅子，伊藤就對我說：「香娜兒，你也過來幫忙啊！」

什麼？

我嗎？香娜兒？做蛋糕？不是吃蛋糕嗎？

「快啊！快去洗手。」伊藤催促。

「香娜兒也願意幫忙嗎？真是謝謝你！」不起眼同學的媽媽向我道謝。

事情演變成這樣，叫我怎麼拒絕？

4 香娜兒vs.鮮奶油

「好，那開始吧！我最擅長打蛋了。」

拿起雞蛋的是很會踢足球的森本，他竟然可以用單手俐落的打蛋。

「哇！哇！哇！」

在大家的讚嘆聲中，森本露出得意的表情。看來他除了擅長踢足球，也很會處理雞蛋。

「我來洗草莓，我家可是開蔬果店的！」

安男接下了洗草莓的工作。

「那請香娜兒幫忙打發鮮奶油好了。」

「不起眼同學的媽媽對我說。

「你用這個來打發鮮奶油吧！」

她說完後遞給了我一個東西。

這東西的形狀好像……日本武士的髮髻。

「香娜兒，你在發什麼呆？趕快像這樣攪拌牛奶。」

伊藤一邊說，一邊示範。

原來是這樣用的啊！

不過，碗裡放的好像只是普通的牛奶，攪拌之後真的會變成鮮奶油嗎？

哐、哐、哐。

唰、唰、唰。

呼！這樣應該就行了吧？

「香娜兒，這樣不行，還差得遠呢！」安男對我說。

我只好不情願的繼續攪拌。

哐、哐、哐。

唰、唰、唰。

手好痠喔！

我已經攪拌很久了吔！

「還要繼續攪拌喔！

加油，香娜兒。」

不起眼同學的媽媽臉上雖然掛著微笑，卻毫

不留情的要求我。

嗯……

既然如此，我香娜兒也不會輕易認輸，是時候拿出真本領了！

來吧！看我啟動「香娜兒火力全開打發鮮奶油模式」！

哐哐哐哐哐哐哐哐哐哐！

唰唰唰唰唰唰唰唰唰！

預備……
喝！
開始！
我可不認輸！
哐
哐 哐
哐哐
哐哐

「哇！哇！哇！」

「香娜兒，原來你辦得到嘛！」

男生們響起一片歡呼。

本來忙著處理麵粉的不起眼同學也停下手邊的工作，睜大眼睛對我說：「香娜兒，你第一次打發鮮奶油就做得很好吔！」

呼！呼！呼！雖然有點累，但只要本小姐認真起來，就可以達到這個程度啦！

柔軟滑順的鮮奶油終於完成了。

5 「不起眼」同學的歌聲

不起眼同學的媽媽小心的把海綿蛋糕的麵糊放進烤箱裡。

「要過一陣子才會烤好。」她說。

這時，伊藤看到了不起眼同學家裡的鋼琴。

「你會彈鋼琴嗎？」他問不起眼同學。

不起眼同學回答：「嗯！不過因為剛開始學，所以彈得不是很好。我也正在學唱歌。」

大家聽了之後紛紛鼓譟起來。

「哇！那你彈彈看嘛！」

「我想聽你唱歌！」

「可以點歌嗎？」

害羞的不起眼同學頓時顯得手足無措。

嗯哼！本小姐可以幫忙伴奏喔！

不瞞各位，我香娜兒曾經請維也納知名的鋼琴家來教我彈鋼琴。

不過，因為我不喜歡長時間的練習，所以很快就放棄了。現在只會彈〈小星星〉，還請大家多多包涵。

我記得這首曲子的開頭應該是這樣吧？

Do Do So So La La So

Fa Fa Mi Mi Re Re Do

呵呵呵。

怎麼樣？是不是彈得很不錯？

真是拿多才多藝的自己沒辦法啊！

不起眼同學聽見我開始彈奏鋼琴，立刻興奮的走到我身邊。

她開心的說：「啊！是〈小星星〉！香娜兒，我也很喜歡這首曲子呢！」

接著，她跟著旋律唱了起來。

喲？不起眼同學的歌聲簡直可以媲美歌手，難怪每個男生都聽得如痴如醉。

記得以前也曾看過某種動物一字排開、面露陶醉的景象。啊！是泡在溫泉裡的水豚。

這群從棒球男孩變成水豚男孩的臭男生，你們也別忘了稱讚我香娜兒優美的琴聲啊！

如痴如醉

6 期待已久的蛋糕

「蛋糕烤好嘍！」不起眼同學的媽媽笑著說。

「終於好了！」

大家立刻圍在蛋糕周圍。

不起眼同學的媽媽熟練的將鮮奶油塗在海綿蛋糕上，彷彿是一位專業的甜點師傅。

接著，所有人一起拿草莓裝飾上去，然後由不起眼同學親自將最後一顆草莓放到蛋糕上……大功告成！

「做好了！」

啪啪啪啪啪！

大家忍不住鼓掌喝采。

像白雪一般的鮮奶油蛋糕放上了可愛的草莓之後，看起來耀眼無比！

就在這個時候，我突然想起自己居然忘記準備禮物了！唉！誰叫我同時答應了兩個約，讓自己忙得團團轉。

於是，我不好意思的低著頭，告訴了不起眼同學的媽媽。

她聽到後，停下切蛋糕的手，笑咪咪的說：「香娜兒，你願意抽空來一起慶生，就是最好的禮物了。謝謝你。」

不起眼同學也接著說：「香娜兒主動彈鋼琴為我伴奏，讓我能在大家面前唱歌，真的很謝謝你。今天太令人難忘了。」

看來我在不知不覺中，成了為大家帶來幸福的人呢！

這時，那群水豚男孩……不，是棒球男孩居然驕傲的說：「我們準備了禮物喔！」

什麼？他們是什麼時候準備的？我萬萬沒想到這群人還有這麼細心的一面。

安男從他的口袋裡掏出一個東西，交給不起眼同學。

「這個給你。很圓吧？是我在公園找到的。」

……石頭？

森本則拿出一根樹枝，說：

「這個給你戰鬥的時候用！」

她是要跟什麼人戰鬥？

篠田和健忘大王一邊掏出一大把的橡實，一邊說：「這是我們一起撿的喔！」

不起眼同學又不是松鼠！

最後，伊藤拿出了一朵花。

是路邊的……蒲公英……

這些東西就算全部加起來也一文不值啊！他們怎麼敢拿出來送人？

我生日的時候，大家都會送我價值幾萬元的禮物呢！

不過，不起眼同學還是露出她天使般的微笑，說：「謝謝大家，我會好好珍惜的。」

這時，伊藤突然說：「我還有一朵花，送給香娜兒。」

他把手裡的蒲公英遞給我。

咦？怎麼覺得有點開心……

這只不過是開在路邊的蒲公英啊……

嗯……

看來偶爾收到這種禮物好像也不錯。

*

「生日快樂！」男生們齊聲大喊。

大家一起舉起柳橙汁乾杯，然後吃了一口合力完成的蛋糕。

這是怎麼回事？太好吃了吧！好吃到讓我忍不住一口接著一口！

入口即化的鮮奶油、鬆軟的海綿蛋糕，以及酸酸甜甜的草莓，在我的嘴巴裡合奏出一首優美柔和的曲子。

能吃到這麼美味的蛋糕，真是太幸福了！

跟我平常吃到的知名糕點相比，這塊蛋糕似乎帶給我一種不同的感動。可能因為用的是我親手打發的鮮奶油吧！也可能是因為……

……跟大家一起吃的關係？

我一邊想著，一邊看著身旁的大家。

「我這輩子從來沒吃過這麼美味的蛋糕！一定是多虧了我洗的草莓！」

安男甚至拿起盤子舔了起來。

真丟臉，拜託快停下來！

「喂！你的那塊我來幫你吃掉吧！」

健忘大王正打算搶走篠田的蛋糕。

「太過分了！你不要這樣，小心把盤子摔壞！」

想搶回蛋糕的篠田，撞上了正要喝柳橙汁的森本。

「哇！果汁灑出來了啦！」

眼前是森本打翻飲料的畫面。

本來應該很優雅的下午茶時間，怎麼會變成這樣呢？

跟那些粗魯莽撞的男生相比，向不起眼同學的媽媽說「阿姨，這個蛋糕真美味」的伊藤，都顯得有氣質了。

「蛋糕真的好好吃！香娜兒要不要再來一塊？再不吃就沒有了喔！」不起眼同學笑著說。

先別管我了，你自己有沒有吃到蛋糕呢？今天可是你的生日吔！就在我不注意的時候……「香娜兒，你

不吃嗎？那我就不客氣嘍！」

大膽的安男準備把叉子插到我的蛋糕上。

我狠狠的瞪了他一眼。

「對、對、對不起……」

他這才將叉子收回去。

呼！剛才真是太驚險了。

這群臭男生想染指我香娜兒的蛋糕，再等一百年吧！

唉！這應該是我人生中度過最吵雜的下午茶時光了。蛋糕就應該要安安靜靜的細細品嘗才對，否則怎麼吃得出師傅的用心呢？

真希望大家都能向本小姐學習。對了，還是我來幫大家上一堂禮儀課？地點就選在我家吧！香娜兒，你真是太聰明了！

咦？是我看錯了嗎？

剛才伊藤送我的那朵蒲公英裡，好像有什麼東西鑽了出來……

「咿呀呀呀呀！有毛毛蟲！」

我淒厲的尖叫聲，響遍不起眼同學的家，幾乎快要把屋頂給掀了。

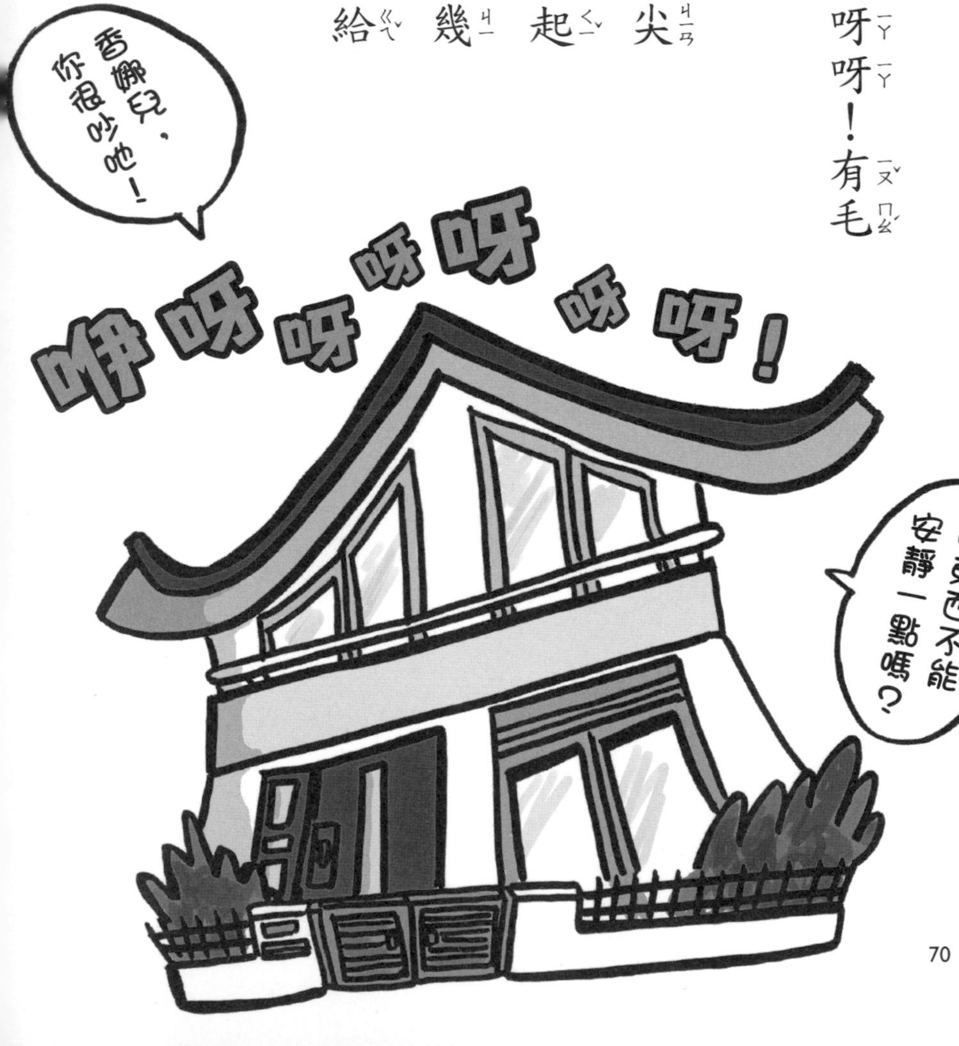
吃東西不能安靜一點嗎？

7 無止盡的棒球之約

想不到我居然為了一隻毛毛蟲叫得這麼大聲，真是失態。不過，蛋糕真的好好吃喔！

多虧了我香娜兒，才把「同時答應兩個約」的危機，以「大家一起吃蛋糕」這種皆大歡喜的方式收場。

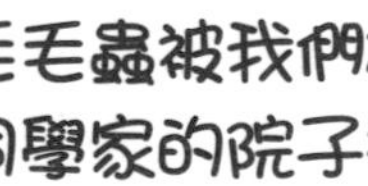

毛毛蟲被我們放生到不起眼同學家的院子裡了。

看來身為小學生的我，更懂得如何臨機應變了。

回家前，我跟棒球男孩們在不起眼同學家的大門前道別。

其實，我很想

好好放一星期的假，來犒賞努力的自己，不過明天還得上學啊！

就在這時……

站在馬路對面的伊藤突然大聲的對我說：「香娜兒！我們決定明天再打棒球！記得三點到公園集合喔！」

什麼？

我還以為已經沒有這回事了！

「記得帶吉澤大叔一起來！還有，明天不要再跟別人約了喔！」

伊藤用力的對我揮手。

怎麼會這樣？

好不容易才逃過打棒球的邀約……

唉！當個小學生還真不輕鬆。

8 彩蛋

對了。

回家之後，我給了吉澤管家一小塊蛋糕。

不起眼同學的媽媽還記得上次他來接我回家，所以特地讓我帶了一塊蛋糕回來。

「是、是香娜兒小姐做的蛋糕！」吉澤管家眼

眶溼潤的說。

「沒想到我能夠在有生之年吃到香娜兒小姐親手做的蛋糕，瞧我淚眼模糊的，都快要看不見草莓了，嗚嗚嗚……」

吉澤大叔也真是的，老愛這麼誇張。

除了蛋糕之外，我還給了他一朵很小的花。

「香娜兒小姐，這、這是白三葉草嗎？」

我點點頭，那是我在回家路上摘的。

「這、這該不會是要送給我的禮物？」

吉澤管家的聲音又高了八度。

唉！趁他感動得又要哭出來之前，我還是趕快躲回房間吧！

那麼各位，我們下次再見嘍！

文・圖

川之上 英子

1975年生，學習院大學文學部日本語日本文學科畢業。曾獲「2008年未來兒童圖畫書獎」特等獎、「周南兒童詩歌獎」歌曲創作類優秀獎，並和川之上健一起獲得「第三屆親情繪本大賽」大獎。與川之上健共同創作的繪本有《大山先生》、《桃桃逃》、《大家的耳朵》（以上暫譯）等。

「記得小學的某天，老師要我們在家完成一幅水彩畫。當時正在學油畫的母親說：『我幫你看看。』接著就拿起我的畫筆開始發揮，最終畫出了不錯的作品。隔天，老師在大家面前大肆稱讚了那幅畫一番，甚至把它貼在走廊上展示了很長一段時間。」

川之上 健

1971年生，學習院大學法學部畢業，與川之上英子共同創作，主要負責繪製背景。現居東京都，同時也是一位稅務士。

「說到小學、棒球等關鍵字，我總會想起以前經常和我一起打棒球的A同學。他很好勝，只要自己投的球被打中，就會生氣的大叫：『你幹麼打啦！』然後叫打者去撿球，但棒球本來就是這樣玩的啊！（笑）好懷念啊！不知道A同學現在在做什麼？」

翻譯

詹慕如

自由口筆譯工作者。翻譯作品散見推理、文學、設計、童書等各領域，並從事藝文、商務、科技等類型會議與活動之同步口譯。譯作有《我心裡的對話框》、《阿吉的魔法紅球》、「大小姐小學生」系列、《10歲開始自己學管理金錢》等（以上皆由小熊出版）。

臉書專頁：譯窩豐 www.facebook.com/interjptw

國家圖書館出版品預行編目（CIP）資料

大小姐小學生 3：香娜兒的赴約考驗／川之上英子、川之上健文．圖；詹慕如翻譯；-- 初版. -- 新北市：小熊出版：遠足文化事業股份有限公司發行，2023.07；80面；14.8×21公分. -- （繪童話）國語注音
譯自：おじょうさま小学生 はなこ. 3, VS ダブルブッキング

ISBN 978-626-7224-85-4（平裝）

861.596　　　　112009385

繪童話

大小姐小學生❸ 香娜兒的赴約考驗

文．圖：川之上 英子、川之上 健｜翻譯：詹慕如

總編輯：鄭如瑤｜主編：陳玉娥｜編輯：張雅惠｜美術編輯：黃淑雅
行銷副理：塗幸儀｜行銷助理：龔乙桐

出版：小熊出版／遠足文化事業股份有限公司
發行：遠足文化事業股份有限公司（讀書共和國出版集團）
地址：231 新北市新店區民權路 108-3 號 6 樓｜電話：02-22181417｜傳真：02-86672166
劃撥帳號：19504465｜戶名：遠足文化事業股份有限公司
Facebook：小熊出版｜E-mail：littlebear@bookrep.com.tw

讀書共和國出版集團網路書店：www.bookrep.com.tw
客服專線：0800-221029｜客服信箱：service@bookrep.com.tw
團體訂購請洽業務部：02-22181417 分機 1124
法律顧問：華洋法律事務所／蘇文生律師
印製：中原造像股份有限公司｜初版一刷：2023 年 7 月
定價：320 元｜ISBN：978-626-7224-85-4｜書號：0BIF0044

小熊出版官方網頁　小熊出版讀者回函